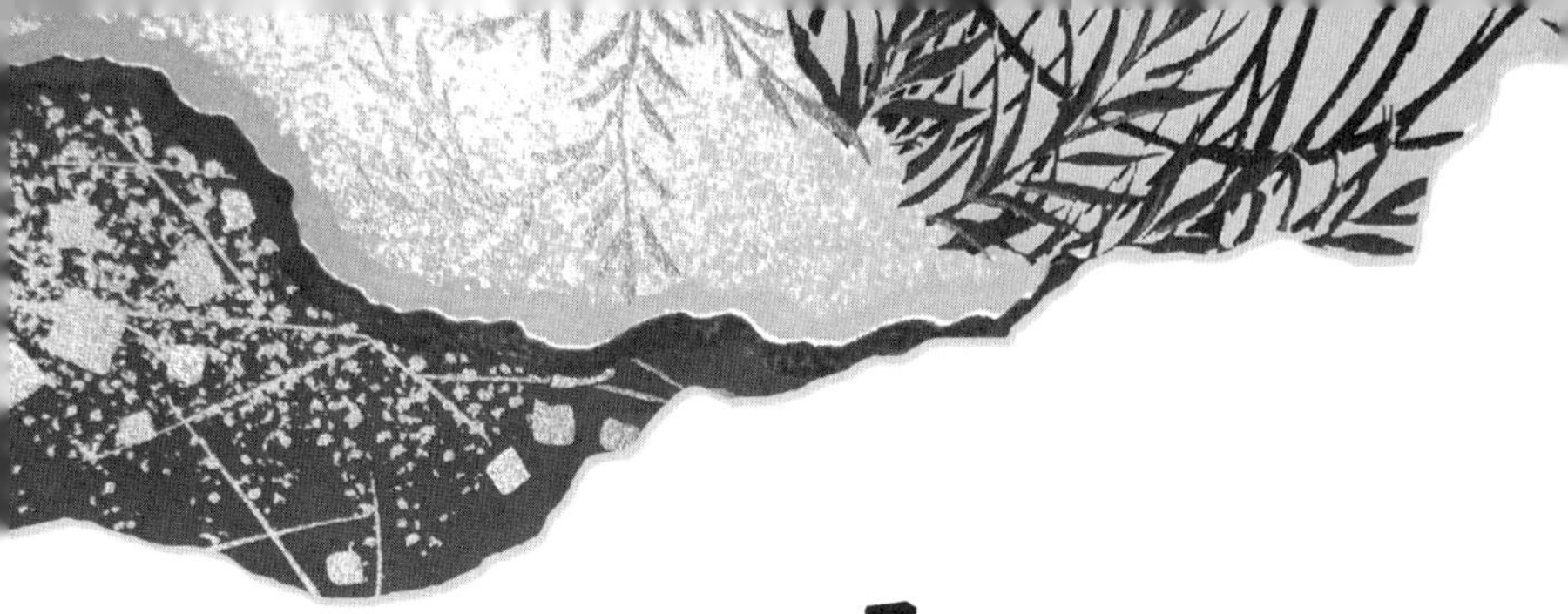

「源氏物語」と私

女《おんな》君《ぎみ》たちが教えてくれたこと

樹月 真由子
KIZUKI Mayuko

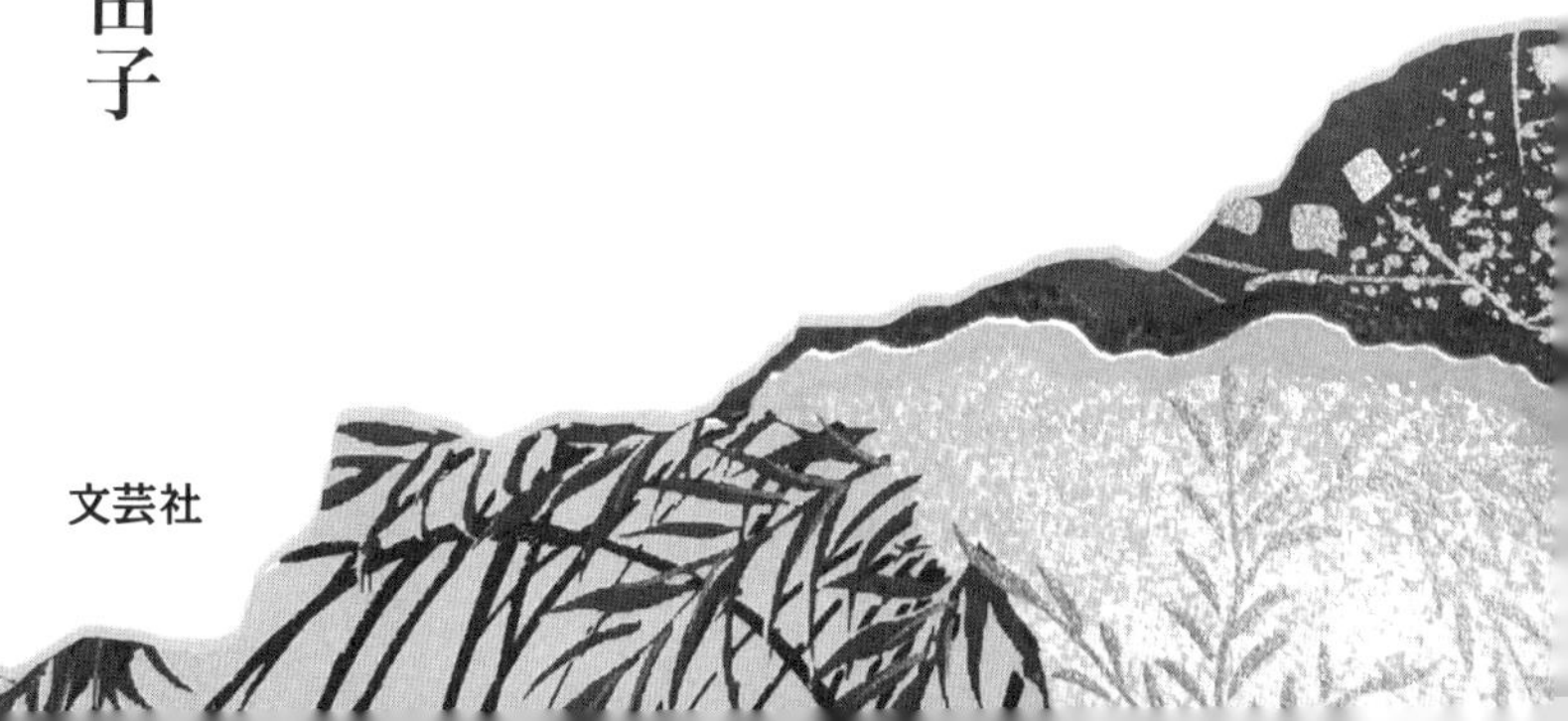

文芸社

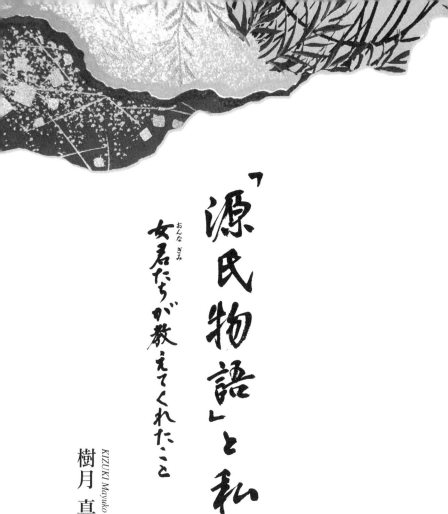

目次

一　『源氏物語』の会　～まえがきにかえて～

私は、二〇一六年春に高校の国語教師を定年退職した。

退職する五年前、担任学年のお母さん方と『源氏物語』の講読会を立ち上げた。というより、「大人の女の人と『源氏物語』を読みたい」という、私の単純な願望にお母さん方が応えてくださり、発足した会だった。

国語教師であれば、必ず教材として『源氏物語』と向き合うことになる。三十八年の教師生活の中でも、特に最後の数年間は、この物語の徳と、高校生たちの瑞々《みずみず》しい感性に導かれて、得がたい経験をすることができた。

ただその感動とともに、なんとか大人の女の人たち――さまざまな経験の中で、人生というもの、人間というものを見てきた人たち――と共にこの物語を読みたい、味わいたいという思いを強くしていったのだ。

保護者との親睦会で、そのことを打ち明けたところ、

「先生、やりましょう。趣意書を書いてください。私たちが呼びかけます」と、力強く後押ししてくださった方々があったのである。

その結果、呼びかけに応じてくださった十数人で、第四土曜日の半日、二時間の講読会が始まった。

発足当初は『源氏物語』のハイライトを、一部ずつ取り上げながら読み進める形を取ろうとしたが、この物語はそのような扱いを許してはくれなかった。ハイライトでは満足できない、面白いのである。もっと奥へ、もっと深くと惹《ひ》きつけられるのだ。

結局、「桐壺《きりつぼ》」の巻から始めて、がっぷり四つに組み合っていくしかないということになった。

在職中は、学校の同窓会が管理する部屋を借りて実施していた。しかし私の退職後、この会を存続していけるかどうか、実は私自身、不安だった。

ところがどうして、お母さん方はバイタリティに満ち溢《あふ》れていた。私の退職後は、市の男女共同参画センターの会議室を手配してくださり、今も毎月の予約も欠かさずにしてくださる。そのおかげがあって、なんと十年以上も続く、思いもかけない息の長い会となった。

私が『源氏物語』とこれほどまでに深く関わり、物語についての数々の気づきに辿《たど》り着けたのは、この会があったからこそである。

講読会は、今ようやく「宇治十帖《うじじゅうじょう》」に入り、宇治の姫君たちの登場である。読了も近づいているのだが、この物語は読み返すたびに新しい顔を見せてくれる。

お母さん方からは最近、こう言われている。

「先生、読み終わったら、また桐壺から読みましょう。きっとまた、新鮮な発見がありますから」

二　『源氏物語』と私　～物語との出会い～

私の『源氏物語』との出会いは決して早くはない。

中学、高校時代は小説好きで、国語が得意な生徒だった。古典は好きだったが、特に『源氏物語』に魅力を感じているわけではなかった。ただ、大学に進学する時は迷うことなく、国文学科しかないと思っていた。

私の進学した大学には、その当時、『源氏物語』研究では第一人者だった玉上琢彌《たまがみたくや》先生や、中古文学の研究者として著名な片桐洋一先生がいらっしゃった。今の私から見れば、なんとすばらしい環境だったのかと感嘆するのだが、もったいないことに、その当時の私の関心は新しい文学、特に明治時代の文芸活動に向いていた。もちろん古典文学、『長恨歌』や『伊勢物語』などの講義を通して、先生方の薫陶を得ることはできた。しかし、卒業論文へ向けて、先生方のゼミを選択することはなかったのだ。

実は、数年前に開かれた大学の同窓会で、片桐先生とお会いする機会があった。皆それぞれが近況報告するなかで、私は「『源氏物語』の会」の話をさせてもらった。その時、「研究者でもない浅学の私が『源氏物語』を語るなど、当時の私をご存じの先生からはお

叱りを受けると思う」というようなことを言ったところ、片桐先生がおもむろにマイクを取って、

「○○、お前は思い違いをしてるぞ」と強い口調で言われた。

もう私はてっきり叱られると思って、ドキドキしながら縮こまっていると、いたずらっ子のようににっこりと微笑《ほほえ》んで続けられた。

「好きなように読んだらええんや。文学は読者のものだ。そんなふうに楽しんで『源氏物語』が読めたらええやろうなあ」とおっしゃった。

胸が熱くなった。お母さん方を前にして、いつも「個人の感想です」と笑いながら持論を展開している私だったが、この時以降、先生から頂いた「文学は読者のものだ」という言葉が、私の強い味方になってくれている。

そのようなわけで、真の『源氏物語』との出会いは教師になってから、それもずっと後になってからのことであった。

今思えば奇遇なのだが、着任した一校目にも二校目にも、国語科に私の母と同い年の女性教師がいらっしゃった。そして、その二人ともが、学校以外で市民向けの『源氏物語』講座を持っておられたのだ。

一人は大学教授を夫に持つ、山の手の奥様然とした方だった。もう一人は大工職人の夫

を持つ、組合の活動家でもあった。そしてこの全く異なる対照的な二人が、異口同音に『源氏物語』のすばらしさを語っておられたのだ。

二人は共に、尊敬できる国語教師だった。そして同時に、結婚して子どもを産んでも働き続ける女性として、その跡を追いかけるべき存在であった。そういうわけで、この二人が絶賛する『源氏物語』はきっとすばらしい作品なのだろうと、漠然と感じてはいたのだ。

とりわけ着任二校目で一緒だった先生は、校内でも教師を対象にした講読会を開いてくださった。『源氏物語』の「若菜 上下」や『枕草子』、『和泉式部日記』、『紫式部日記』等々、そこで語られることは、単なる古典の知識だけにとどまらず、現代にも通じる女性の生き方そのものであった。それは三十代だった私の大いなる糧となった。今の私を支えてくれる礎の一部になっていることは間違いない。

しかし、この時でさえも、私は日々の生活だけで精一杯で、『源氏物語』の本当のすばらしさに気づけてはいなかった。

今思えば、二十代から四十代までの私の時間は、真にこの物語と出会うための準備期間だったような気がする。もちろんその年代ごとで、それなりの読みはしてきたのだと思うのだが、やはりこの物語の「凄《すご》さ」に気づき始めたのは、五十代にさしかかった頃からのことだった。

『源氏物語』に登場する女君たちは、自らを語ることはない。作者紫式部も説明することがない。時折、語り手らしきものが顔を覗《のぞ》かせる程度だ。すべては読み手である私たちに委ねられている。それゆえ、十代の高校生には十代なりの人生と共鳴し合うのだ。

宇治十帖の一部、浮舟《うきふね》の物語を教材に取り上げたことがあった。その時の生徒たちの興味の示し方は並一通りではなかった。昼休みに「あなたは薫《かおる》派か匂宮《におうのみや》派か、どっち」と、まるで芸能ニュースを噂《うわさ》するように女子たちが盛り上がっている。男子生徒の一人はしみじみと、

「先生、人を恋する思いというのは今も昔も同じなんやなあ」と嘆息している。まさにこの物語は、読み手の人生の積み重なりに応じて、その時代、そしてその年代の読み手個人と共鳴してくれるのだ。それがこの物語の「凄さ」であると思う。それゆえ、千年の時を超えて、読み継がれてきたのだろう。

私自身は五十代半ばで「『源氏物語』の会」という場を頂けたことで、一層深くこの物語世界と向き合うことができるようになった。そして、六十年という私の人生の節目が、またこの物語との新しい局面を迎えさせてくれた。

私は定年退職後、公的機関の相談員として再就職した。多くの葛藤を抱える人々と向き合い、まさに人間の生きたドラマの中にいる日々である。そしてまた『源氏物語』と向き

合うことも、私にとっては人間の典型、ドラマとの出会いなのだ。人間は理解しがたく、愚かで罪深いもの……だがしかし、同時にかけがえのない、個性に充《み》ち満ちたすばらしい存在だと、この物語は教えてくれる。

今もなお、この物語を読み返すたびごとに、新しい気づきがある。読み進んで行くにつれて、私の人生と共鳴するように、文章の表には表現されていない女君たちの哀しみや苦しみ、切なさややるせなさ、その心の息づかいまでもが、私に迫ってくるように思われるのだ。

こうして、物語の中の女君たちが、私に教えてくれたことを道しるべにして、今、私自身の人生を振り返りながら、語っていこうと思う。

三　私の生いたち　～平和な日々を過ごして～

私の父は、愛媛県の小さな漁村の出身で、父親を早くに亡くし、母親の手一つで育てられた。小学校を出た後、師範学校を経て、小学校の教師になる。

一方母は、四国八十八カ所の札所の娘である。高等女学校を卒業したあと、京都の女子専門学校に進学するが、卒業することなく四国の寺に呼び戻され、お遍路さんの世話や御詠歌の普及活動など、寺の仕事を手伝うこととなる。

その後、父の勤務していた小学校から、家庭科の臨時教員として来てもらえないかとの話があり、アルバイト感覚で教師として勤めることとなった。母十九歳、父二十五歳、それが父と母の出会いである。

二人は大恋愛の末、結婚の約束をして、母の母（私の祖母。祖父はすでに亡く、長兄が寺を継いでいた）に申し込みに行ったところ、「大学を出ていない人にはやれない」とすげなく拒否される。

母は八人兄弟の五番目で、当時、跡継ぎの長兄以外は、他の寺との縁組で見合い結婚するのが当たり前だった。当然母も寺に嫁ぐべし、という人生のレールだったはずだ。

ところが、結婚を断られた父は、その後同じく教師をしていた弟（父は長男だった）に学費を出してもらい、その後の一家の面倒もすべて弟に託して、京都の大学に進学し卒業する。卒業後、銀行に就職すると同時に、大阪に生活の拠点を築き、念願の母との結婚を、半ば強行する形で成し遂げる。

翌一九五五年に私が生まれ、一九六一年に妹が生まれた。母二十三歳、父二十九歳。新生活のスタートだった。

当時、高度経済成長期の日本にあって、銀行員の給料は決して悪くはなかったと思う。しかし、サラリーマン生活、すなわち月々決まった収入の中で、やり繰り算段をして生活することなど、それまでの母にとっては想像し得なかった世界だったのだ。

つい最近、母自身から聞いた話だが、父から、

「ええか、給料は月一回しか貰《もら》われへんのやぞ」と言われていたらしい。

寺の生活は、決して裕福というのではないが、毎日の食べるものに困ることはない。集まる品々をお遍路さんに振る舞い、接待するのが毎日の勤めだったのだ。果たして、貰った給料は瞬く間に使い果たし、決まった枠内で節約してやり繰りするということがなかったらしい。

小学生の頃の我が家は、とても貧乏なのだと思っていた。母がいつもそう言っていたからだ。しかし、今の私のつれあいに聞くと、当時の我が家の食生活は、貧乏どころか、か

なり贅沢《ぜいたく》なものだったようだ。

確かに、母は自分自身のために贅沢をするということはなかった。しかし、小さな長屋に住んでいたのに、毎日御用聞きがやって来る生活……「今日はすき焼きにするから、材料を全部買ってきて」と注文していたことを覚えている。あれでは、いくら給料を渡しても、すぐになくなってしまうはずである。以後、父は定額しか渡さなくなったらしく、いつも母は「お金が足りない。やり繰りが苦しい」と言い続けていた。

しかし、実際には、私はピアノを五歳の時から習わせてもらい、間もなくピアノも買ってもらった。日に当たると赤く輝くマホガニーのピアノは誇らしかった。また、父と松屋町に出かけて、買ってもらった七段飾りのひな人形。人形と一緒にタクシーで帰ってきた、あの時の嬉《うれ》しかった気持ちははっきり覚えている。

さらに、その当時配本が開始された、小学館の全五十巻『少年少女世界文学全集』を、どうしても欲しいと言い張って買ってもらった記憶もある。ディズニーの映画や不二家のお子様ランチ、回数は多くはなかったが、家族で出かけた思い出はどれも楽しいものだった。今思えば、それなりに豊かで、大切にしてもらった幼少期だったと思う。

母はとても社交的な人で、近所でも「元気で、朗らかな奥さん」で通っていた。狭い長屋なのに、いつも千客万来だった。私の友人たちは私が留守でもやって来て、母と楽しく談笑しているということも、稀《まれ》ではなかった。私学の小学校教師をしていた母の友人も、歯ブラシ持参で我が家に長逗留《ながとうりゅう》することもしばしばだった。

四国から出てきて大学に通っていた母の二人の弟たちも、卒業するまで休暇中はいつも、実家代わりの我が家に滞在していた。大学生だった従兄《いとこ》たちも、友人を連れて我が家に集まり、麻雀《マージャン》をしながら飲み食いする、というのも日常だった。とにかく物心が付いた時から、いつも家族以外の誰かが家にいる、という生活だった。

こういう具合に、やり繰り下手で浪費家だが朗らかで社交的な母と、真面目でやさしくハンサムな銀行員の父の結婚生活が、平和に続けば良かったのだが……。

実際には、この生活は私の小学校時代で終わりを告げる。

四　暗　転　～諍《いさか》いの家～

銀行員だった父は、ある贈収賄事件に巻き込まれる。不起訴処分にはなったものの、銀行内での将来は、完全に閉ざされることとなった。

その父に、銀行を辞めて一緒に不動産事業を興さないかと持ちかけた人がいた。父は思ったのだろう……『今となっては銀行内での未来もなくなった。その上、サラリーマンの妻としては一向に成長せず、「金がない金がない」と言い続けている妻を、なんとか黙らせたい。目にもの見せてやる』と。

父は銀行を辞め、退職金もすべてつぎ込んで、新しい事業に突き進むはずだった。私は中学生になったばかりの頃だ。しかし、世間ではよくある話のとおり、その人物にすべてを持ち逃げされて一転、無一文で無職となった父、四十二歳……厄年とはよく言ったものである。

当然のことながら、その後の父と母は諍《いさか》いと罵り合いの日々である。今まで外で働いたことがなかった母は、京都の寺の離れで、伯母が副業として営んでいた湯豆腐を手伝いながら、援助を受けることになったのである。

それからの家の中は、どこまでも最悪だった。父は地道な職に就こうとはせず、一攫《いっかく》千金を狙うように不動産会社を作っては潰し、作っては潰しを繰り返す。もともと会社経営の才覚などまるでなかった父である。ますます借金の泥沼にはまっていくことになったのだろう。やがて、何日も家に帰らないということが増えていった。

毎日の生活が立ちいかない我が家では、母がとうとう働きに出るしかなくなった。伯母に助けてもらうにも限界がある。母は電器メーカーの定時社員という職に就いたのである。

この頃から、母の私に対する口癖は「男と同等に稼げる職業に就きなさい」というものだった。その頃、父は四国の寺を手始めに、母方の親戚から数百万の借金をし続け、また母には無断で、母の友人からも借金をして回るという有様だった。

母は自分の身内から借金をした父のことを、最後まで許せなかったようだ。しかし、今の私は思う。父は母のために、何とか一旗揚げたかったのだ。自分のためではなく、大好きな母のために、母が満足する、豊かな生活を与えてやりたかったのだ。だからこそ、母の身内に頭を下げて、借金を頼み込んだのではなかっただろうか。

この頃の父は一体何をしていたのか、娘の私には、さっぱり見当もつかない状態だった。家にも帰ってきたりこなかったりだったが、帰ってくれば、「もうすぐ、どこそこの土地が売れたら大金が入る」などと、うそぶいては母とケンカになる。いつも最後には怒号が飛び交う諍いの家だった。

五　思春期　～私を救ってくれたもの～

京都の伯母の寺は、もともとは祖父の寺だった。母もそこで生まれ、七歳まで育った寺である。伯母が奈良の寺の三男と結婚して継いでいたのだが、私たち家族にとっては、母の実家のような寺だった。

息子しかいない伯母は、私のことを娘のように可愛がってくれた。物心付いた時から、夏休みといえば私一人でよく泊まりがけで行ったものだ。

大玄関と呼ばれる、夏でも涼しい部屋にはピアノがあり、ソーダ色の両肘掛けのあるソファが置いてあった。すっぽりと体が入り込むそれに座って、一日中小説を読む。読書に飽きたら、ピアノを弾く。また、境内にある幼稚園のブランコに乗りに行く。

時々自転車に乗って池の横を抜け、有名な俳優の家まで回覧板を届けに行く。その池の畔《ほとり》では、しばしば映画やテレビの撮影が行われていた。お盆には、従兄の自動車に便乗して、檀家廻《だんかまわ》りについて行く。途中に寄る喫茶店で食べるアイスクリームも嬉しかった。

中学生の頃の私は、あの大玄関のソファに育まれた。夏目漱石や志賀直哉、川端康成に太宰治、森鷗外……数々の日本文学や世界中の名作文学と出会った。諍いの家から逃れて、別世界に耽《ふけ》っていた。今思えば、伯母の私に対する心尽くしだったのだろう。

また、従兄たちが教えてくれたビートルズやジョーン・バエズ、ピーター・ポール＆マリー等々の洋楽。連れて行ってもらったモジリアニやユトリロの絵画展。伯母と行った大丸や高島屋、それに藤井大丸。東郷青児の壁画が印象的だった朝日会館、そこで観た、サウンド・オブ・ミュージックやマイ・フェア・レディなどの映画の数々。それらのすべてが、私という人間の土台を形成するための、大きな糧となった。

六　教師としての一歩　～母と妹は私が守る～

怒号飛び交う諍いの家で、私は中学時代を送り、淡々と自分本位に受験勉強をして第一志望だった高校に進学した。そして母の言うところの「男と同等に稼げる職業」に就くためには大学に進学しなければならない、と思っていた。また母にとっても我が子の大学進学は自分のプライドから、絶対に譲れない条件だった。

私も必死だった。大学に行きたかった。そしておそらく、あの当時としては最も学費の安い大学だったと思う、府立の大阪女子大学の国文科に入学した。月額一〇〇〇円の学費だった。国立大学が三〇〇〇円だった時代である。今では考えられない金額である。しかもその上、月額八〇〇〇円の特別奨学金を頂くことができた。

伯父たちの援助もあって、私は苦学生と言うほどでもなく、それなりに楽しく充実した四年間を送り、無事に大学を卒業した。そして、母の言うところの「男と同等に稼げる府立高校の教員」になったのである。

ところが、教員採用試験の合格通知を受け取った時を機に、父はぱったりと帰ってこなくなったのである。なんたることか、家族への責任をすべて私に丸投げして、行方をくらませてしまったのだ。

そして父が私たちの前から姿を消して間もなく、借金取りが家に押しかけてくるようになった。とにかく私たち親子三人の生活を守るためにも、母は父と「悪意の遺棄」を理由に、裁判離婚をした。弁護士を依頼することなどは念頭になく、もちろんお金もなかったのだが、訴状は実例集の本を片手に、なんと二十三歳の私が書いた。

その当時の私は、「あんな無責任で情けない父など、親としては願い下げだ。母と妹は私が守る、私が一家の大黒柱になるのだ」と思っていた。当然のごとく、教師としての初任給から、給料袋はそのまま母に渡すという生活が始まった。

七〇年代という私の思春期は、まさに日本におけるウーマンリブ運動の黎明期《れいめい》と重なる。また、教師として働き始めた後の八〇年代には、女子差別撤廃条約が批准され、男女雇用機会均等法が制定された。まさに私自身の人生の歩みは「女性解放」の歩みと重なることに改めて気づかされる。意識する、しないに関わらず、社会の大きなうねりと自らの家庭環境も相まって、「経済的自立」こそが私にとっては果たすべき切実な命題だったのだ。

教えていただいた先生方もまだ多く在籍しておられた母校に、私は新任教師として着任した。教科指導については実に厳しかった。

「一つの教材に対して、周辺の関連書籍を最低でも五冊は読みなさい。教材が終わるごとに生徒に課題を与えて文章を書かせ、丁寧に添削指導をしなさい」

教材のとらえ方についても、常に自分の解釈や意見を述べるように求められた。大変ではあったが、国語教師としての基礎をたたき込んでいただいた。そしてそれは、その後の教師人生における大いなる財産にもなった。

また、当時の高校生はすばらしかった。私が若かったこともあるが、充分に信頼できる大人の生徒が多かった。

私の教師生活のスタートは、このように本当に恵まれたものだった。何より、教師という仕事は楽しかった。やり甲斐《がい》もあった。私は全力で働いた。

七　夕顔　〜「ただやはらかに」その実像〜

高校時代、大好きな国語の先生がいた。私が国語教師という仕事を選んだことと、その先生の存在は無縁ではなかったと思う。

その先生から高校二年生の時、「夕顔」を教えてもらった。その当時、先生は子育て真っ最中の三十代であった。今から思えば、子どもを保育所に預けて「働くお母さん」の先駆者的存在であり、女性の自立・男女平等ということにも意識が高かったと思う。

その先生は、授業の中で夕顔を、

「従順で、男の言いなりになって、結局命を落としてしまう。本当に〝バカ女〟ですね」

と評された。確かにそうである。訳あって、五条のささやかな家にいた夕顔は源氏に見出され、その後、源氏に導かれるままに某《なにがし》の院へと伴われる。そこで源氏との濃密な時間を過ごすのだが、あまりにもあっけなく物《もの》の怪《け》の虜《とりこ》となり、命を落としてしまうのだ。

夕顔は実は、源氏の親友でもありライバルでもある、頭中将《とうのちゅうじょう》の恋人だった。二人は女の子までもうけていた。ところが、夕顔は正室からの脅迫を受け、この時、五条のしもた屋に身を隠していたのだった。

私は長年、この男性人気ナンバーワンの夕顔のことを、自分を持たない、ただ従順で可愛らしいだけの女性だと思っていた。

「そこととりたててすぐれたることもなけれど、細やかにたをたをとして、ものうち言ひたるけはひあな心苦しと、ただいとらうたく見ゆ」

（どこといって特にすぐれているのでもないのだけれども、細やかになよなよとしていて、何か一言ものを言う感じがなんとも痛々しく、ただもうまったくいじらしく見える）

（新編『日本古典文学全集』阿部秋生ほか訳　小学館）

と表現されている彼女は、まさにイメージそのものだ。

ところが、私自身が年を経て、さまざまな経験を積み重ねて、この夕顔の物語を改めて読んでみたところ、

「いや、待てよ……夕顔はすべてわかっていて、敢《あ》えて源氏に身を任せたのではなかったか」と思い始めた。

女性が生活の経済的基盤を持たないことが、どれほど切実に情けなく苦しいことか、私は自分自身の経験からわかっていたことではないか。現代に生きる女性にとってさえ「経

済的自立」は未《いま》だ完全には果たされていない命題なのに、ましてや平安時代の女性たち、それも上流貴族の女性たちは、男性の庇護《ひご》の下で生きていくしかなかったのだ。

父から見放された幼い我が娘の将来。父亡き後、三位の中将家が抱える一族郎党、下々の者に至るまでの生活。それらは今、夕顔の肩ひとつにかかっていたにちがいない。

幼子を抱えて、上達部《かんだちめ》の娘だった彼女が、しっかりとした後見もなく生きていくには、あまりに過酷な時代だった。父の遺産があるとはいえ、さまざまな財政管理が、女手では行き届くはずもない。人も金も、力のあるところに寄り集まっていく時代である。頭中将が頼みにならない今、生活のためにはどうしても有力な後援者が必要だったのだ。

それゆえ夕顔は、生き抜くための方策として、源氏を獲得しようとしたのではなかったか。確かに、源氏はこの上なくすばらしい男性ではあっただろうけれど。

一見はかなげで、ただただ可愛らしい夕顔は、決して〝バカ女〟などではない。我が子と我が一族を、命懸けで守ろうとした決意と覚悟の人ではなかったか。

そう思うと、はかなく死んでしまったこの夕顔のことが、より一層かわいそうでかわいそうで仕方がなくなった。

夕顔の死後に、彼女を偲《しの》んで、源氏が右近（夕顔の侍女）と語り合う場面がある。

「はかなびたるこそはらうたけれ。かしこく人になびかぬ、いと心づきなきわざなり。（略）女は、ただやはらかに、とりはづして人に欺かれぬべきがさすがにものづつみし、見ん人の心には従はんなむあはれにて」

（そのいかにも頼りないというのこそが、女はかわいいのだ。しっかりしていて言うなりにならない女はじっさい好きになれるものではない。〔略〕女はただやさしく、うっかりすると男にだまされそうでいて、しかも慎み深く、相手の心には従順というようなのがいとしさをおぼえるもので）

（同前）

夕顔のことを思い出しつつ、持論を展開する源氏のこの言葉も、今の私には間抜けに聞こえてくるというと、辛辣すぎるだろうか。

八　結　婚　～気づかない呪縛～

父の当てにならないことは、もう十年以上も前からわかっていたことでもあり、母と妹の生活を支えることは、私の中ではごくごく自然なこととして受け入れられたのだった。教師としての私の収入を得て、親子三人の生活は安定した。そして、夫との出会いが巡ってきた。

夫は、私より七歳年上の大学院生だった。私が着任した学校で非常勤講師をしていた。すべてにおいて分別があり、どんな疑問にも答えてくれる。その時の私の目には、完璧な大人の男性に見えた。彼は当時の私の境遇を、やはり不自然なものだと感じていたのだろう。「あなたは私と結婚する」と断言し、私を救い出すべく動き出した。

彼は塾講師の職を得て（この時の収入はかなり良かった）、経済的なことも含めて難題を突破していこうとした。

一番大きな障害は、私の母の反対である。

「あの人の慇懃《いんぎん》無礼《ぶれい》な振る舞いが嫌い」「あの人ともあの家とも、絶対に合わない」と言うのである。

しかし、結婚後も当然、経済的援助をするとして、「とにかく結婚する」という私の決断で押し切った形となった。

今となっては、母から逃げ出したかったのだと思う。もちろん無意識にだが。

彼の両親は、今はもう亡くなっている。舅《しゅうと》は婿養子であった。家付き娘の姑《しゅうとめ》は、ずっと自分の母と共に暮らしてきた人であった。「お家大事」というのが口癖で、「始末」というのが金言。言うなれば、私の母とは正反対の人であった。

大事な大事な長男の嫁取りには、夢があったと思う。嫁入り道具の一つ、着物の一枚も持っては来ない私に対して、姑は初めからなじめないものを感じていたのだと思う。

結婚当初から、きっと私はことごとく気に入らない嫁だった。満二十四歳の私には、それさえ全く理解できていなかった。自分が、姑の大切な息子に仕える嫁ではなかったということを。

しかし、それは私だけの問題ではなく、夫の問題でもあったのだ。彼自身が、私との結婚によって、「家とは、長男とはこうあるべき」という旧態依然とした考え方の親に、反旗を翻したかったのだと思う。

私たちの結婚は、お互いがそれぞれに、自分の親に対する「解放宣言」となるはずだった。しかし、親との関係とは、そんなに生易しいものではなかったのだ。

夫は、「長男は家を継ぐべき存在であり、何よりも優先して、家のために尽くさなければならない。長男だから……長男こそは……」と言われ続けて育ってきた人だった。

一方私は、母から「男と同等に稼げる職業に就いて、経済的に自立すること」と言われ続けてきた。そう私に要求してきた母本人こそは、精神的にも経済的にも、私がそばで支え続けることを要求していたのだけれど。

母の呪縛にかかっていた私は、社会的に認められる職に就き、経済的に母を支えることこそが私の価値だと思っていた。もちろんこれも無意識にではあるが、私は母の期待と要求に応えるべく、がんばり続けていたのだ。

長男と長女だった私たちは、一見新しい両性の合意に基づく結婚のはずだったのに、実際は全くそうではなかった。親たちの呪縛の網に、私も夫も絡め取られていたのだった。

九　破局に向かって　～夫婦の歩幅の違い～

私は一九八〇年に結婚した。

結婚当初、夫は博士課程を終えたものの、就職浪人として塾の講師をしていた。経済的、社会的な格差……初めからわかっていたことであり、私には何の問題もなかったのだが、夫自身、特に姑にとっては大きなコンプレックスだったことが後になってわかる。コンプレックスはいつも「モラル・ハラスメント」の根源にあるものだ。

一九八二年に長女を出産する。この年、夫は採用が少なかった高校の教師を諦め、中学校の教師になった。一九八四年には長男を出産する。二人の子らは保育所に預け、当然仕事を続けた。仕事と育児の両立は大変だったが、多くの人の助けを借りて、育てることができた。周りの人々への感謝の念は強い。

しかし、一番助けてもらいたかったはずの夫の手助けは望めなかった。

「幼い子どもの面倒は母親が見るべきだ」というのが、そもそもの持論だったようだ。

「だったようだ」というのは、交際期間中は全くそんなそぶりがなかったからだ。毎日私のお弁当を作ってきてくれたり、独学で編み物を始めて、私のためにセーターまで編んでくれたりもしていたのだ。私自身にとっても、また私の友人たちから見ても、一風変わった、リベラルで優しい人という印象だった。確かに、結婚して、子どもが生まれるまではそうだった。

新任当初の夫は、勤務校が自宅から遠く、教育困難地域にあり、物理的に難しかったということはあるのだが、結果的に、私もそのことを容認する形となり、面と向かって話し合おうとはしなかった。また、たとえ話し合おうとしても、いつも理屈で言い負かされて、私が黙ってしまわざるを得ない。敵《かな》わなかったのだ。しかし、それで私が納得して、不満が解消されていたわけではなかった。

その時の私の勤務校（最初の着任校）は、職員全体の年齢が高く、組合の力も強かったので、比較的子育て世代にはやさしい職場環境だった。ところが一変、二校目に赴任した学校は、組合の力は強かったが、前任校とは逆に「管理職にものを言わせないための自主的な服務管理」を推進している学校だった。労働者の権利や弱い立場の人を守るというよりは、まず職務を先取りして実践する学校だった。

たとえば、八時三十分の勤務開始時刻に先立って、七時三十分から欠席連絡を受ける電話当番がある。生徒の個人ロッカーの鍵を貸し出す当番がある。職員の休暇や早退遅刻の届け出まで、自主管理、運営する……そういう学校だった。子育て中の者には、少々厳しい勤務体制だった。

その上、三年間、担任もクラス替えも無し、修学旅行も無し（生徒が自主的に企画する「ホームルーム合宿」なるものをクラス単位で実施する）、制服も無し、というかなり癖の強い学校であった。

生徒指導においても特徴的だった。教師は生徒を管理する存在ではなく、自治会（生徒会ではなかった）活動を通じて、指導援助をする対等な存在だった。とことん生徒に付き合う、どこまでも生徒主体に推し進める、そうした教育方針は、当時の生徒たちにとっては意義あるものだったと、今も思う。

私は三十代、同僚にも恵まれ、充実した教師生活だった。しかし、仕事に打ち込めば打ち込むほど、夫との距離は離れていった。

たとえば、休日の昼ご飯にレトルトカレーを出した私に、烈火のように怒りながら、「お前は子どもたちを、どんなに危険にさらしているか、それもわからないような無知で無能な人間だ」と罵倒する。

お金の使い方や外出先、同行者を厳しく問い詰め、挙げ句に投げかけられる言葉は、「お前は品性下劣な、どうしようもない人間だ」

ところが、家事育児は何一つ手伝ってはくれなかった。それを訴えると、

「手伝ったら、お前が困ることになるぞ。お前がしている家事は家事なんかではないからな」と言い放つ。

私の言うことには、全く聞く耳を持たなかった。いつも理屈で私を言い負かすことに執心しているように思えた。私は完全に話し合うことを諦め、そして、もうこの人とは何一つ分かち合うまいと、ますます意固地になっていった。

反発と意地に凝り固まっていく私。つまらないコンプレックスと独占欲からモラル・ハラスメントを昂《こう》じさせていく夫。今思えば、お互いが悪影響と悪循環に陥っていったのだ。ただ、夫の側にはそれなりの言い分があると思う。夫に言わせれば、私が好き勝手、やりたい放題だったと言うだろう。そのことも想像がつく。どうしようもない私を教育していたのだと。

夫婦においては、おそらくどちらか一方が悪いということはない。お互いの関わり合いの中で、二人の歩いて行く方向や歩幅が、少しずつ少しずつ、ずれていくのだ。話し合うことができなかった私たちは、そのズレに気づくことも、もちろん修正することもできず、気がついた時には、二人の間には大きな隔たりが出来上がっていた。

三十代の私は、人間らしく生きているとはとても言えない状態だった。当時のことを思うと、二人の子どもたちには、本当に悪いことをしたと、今も胸が痛い。もっともっと子どものことを見てやるべきだった。かわいい盛りだった子どもたちとの、かけがえのない時間だったのに……。私は、自分の精神を保つことだけで精一杯で、子どもたちのことをほとんど見ていなかったと思う。最も大きな後悔である。

そんな時、三校目への転勤が決まった。

十　教師としての気づき　～カウンセラーへの道～

二校目で十年を過ごした私は、大阪市内の教育困難校と呼ばれる学校に転勤することとなる。

着任当初はカルチャーショックの連続だった。今までの常識や、高校生とはこうあるべきという私の中の価値観は、ことごとく打ち砕かれる。ただもう必死だった。そして、私の前にあるまなざしは「教師としての私」ではなく、「人間としての私」を見据えようとする、あるいは、問いただそうとするまなざしだった。

その中で、今までぼんやりと描いていた「カウンセリングの勉強がしたい」という思いは、焦がれるような強い願望になっていった。姑や夫とのどこまで行ってもわかり合えない関係、そのもどかしさと空虚感。母と自分とのこれまでの、そしてこれからの関係……、それらを自分の中で解き明かしたいと思っていたのだろうか。

今思えば、私をカウンセリングの勉強へと駆り立てたものは、決してひとつではなかった。直接のきっかけは、心に多くの傷を抱えた、困難校の生徒たちの役に立ちたいという、直感的衝動だったのだけれど。

困難校の勤務は、遅刻指導の立ち番や休憩時間の見守り当番、問題行動への対応など、確かに大変なのだが、クラブ活動や受験のための講習はほとんど無く、放課後の拘束時間は少ない。勉強を始めるなら今しかないという気がした。

家の中では相変わらず、険悪な二人の関係が続いていた。

夫は確かに、リベラルで理知的で、優しい人だったと思う。ただ、自分の内面に、親から植え付けられた家父長制的な考え方が大きく根を張っていることに、気がついていなかった。私には民主的な家族関係や、女性の自立ということを標榜《ひょうぼう》していたのだから。

夫は私のことを「ここがダメ、あれもできていない」と抑え込んで、優位に立つことだけを考えていたように思う。私は私で、夫のことを「口先だけの偽物」と断じていた。お互いが相手を非難する気持ちだけを抱えて、苦しい生活を続けていたのだ。

そんな閉塞感の中で、同僚が先に進んでいた、カウンセラーへの道を志そうと決心する。某カウンセリングセンターの養成講座に通うことを決めて、夫に相談したところ、案の定、猛反対される。行くとしても、家族に一切迷惑をかけるな、と高圧的だった。

初年度の基礎コースは週二回、六時から九時まで、三時間で二つの講義を受ける。その日の晩ご飯は、必ず前もって用意した。

夫は冷たかったが、子どもたちや姑は協力的だった。意外なことに姑は、私の「勉強する」姿勢には寛大な人だった。姑だけではなく、私の周りにいる昭和一桁生まれの女性たちは、皆「学ぶ」ということに、良い意味で貪欲だ。学ぶべき時にその多くを戦争によって奪われた世代だからだろうか。とにかく姑のこの励ましが、私にとっては大きな支えとなった。

私の帰宅後、高校一年生だった娘は必ずそばに来て、「お母さん、今日は何を勉強してきたの」と尋ねてくる。私の話を熱心に聞いてくれた。私自身は学ぶことが新鮮だった。その内容も興味深いものばかりで、きっと今までになく生き生きと話をしていたのだと思う。生き生きしているお母さんが、娘には嬉しかったのかもしれない。今の私はそう思う。そして、その時はまだ気づいてはいなかったが、私の中の私が、少しずつ息を吹き返し始めていたのだ。

当時のカリキュラムは、基礎コースで知識と理論を学び、アドバンスコース・トレーニングコースでは、より深い内容で、聴くこと話すことを、またさまざまな心理テストについても学ぶ。三泊四日の合宿の後、適性テストがあり、それに合格してやっと、インターンとして週一回のカウンセリング実習に入ることができる。二年間のインターン期間に担当した事例についてまとめた論文を提出し、口頭試問を受ける。その審査に合格して、初めて「カウンセラー適任証」が与えられる。

勉強を始めて、足かけ八年が経《た》っていた。適任証を手にした時は、本当に嬉しかった。自分で自分を褒めてやりたいというのは、こういう気持ちなのだろうと思った。

十一　父の出現　～子どもの私を取り戻す～

父が突然、私のところに電話をかけてきたのは、三校目の教育困難校に転勤して、しばらくした頃のことだった。

「肺がんを患っている、手術をしなければならない、ついては保証人になってほしい」と言うのだ。私たちの前から姿を消して、二十年以上の月日が経っていた。

今思っても不思議な、自分の反応だった。胸がドキドキして足がガクガクして、声も震えてしまった。怒りでも喜びでもなく、驚きだったのだろうか。あれほど憎み、嫌っていた人なのに。とにかく、再び現れた父を、母と妹と私は家族として迎えることになった。

父と母は、昔の大恋愛時代に戻ったかのようだった。

「今まで、お父さんには女の人はいなかったんだって」と言って、母は舞い上がらんばかりに喜び、キャッキャッ言いながらかいがいしく世話をしているように見えた。この人たちは親としては最低だけれど、一組の男女としては本当に愛し合っていた、というか、お互いが大好きだったのだと思う。

この人たちの娘として生まれた、私のアイデンティティの拠《よ》り所はそこにこそある。私はこの人たちの娘なのだと、初めて実感することができたのだ。それゆえ、父の出現を機に、私の中の親への怒り、父に対してはもとより、母への怒りまでもが、マグマのように噴き出してきたのだった。

父の病室で、泣きながら怒りをぶつけていた。

「どうして私に、何もかも背負わせたのか。どうして私が、大黒柱だと思い込まねばならなかったのか……私はあなたたちの『子ども』ではなかったのか……」ということを。

親への怒りを表に出せたことが、私自身の中に大きな変化をもたらした。自分の中にある今まで気づかずにいた感情、いや抑え込んで気づかないようにしてきた感情だった。それを認めることで、真に、自分が自分であることの意味を考えるようになった。

父の肺がんの手術は成功し、その後五年間を生きて、あれほど無責任な夫で、父だった人は、私と妹、二人の娘に看取られて逝った。八十歳だった。

母はというと、最後の最後に、父と子どもみたいな大喧嘩《おおげんか》をして、父の最期の世話一切を放棄し、私に丸投げしたのだった。母自身は無自覚だったと思うが、あれは父の最期を看取るのが、耐えられなかったからではなかったか。それほど愛していたのかもしれないが、どこまで行っても幼く、無責任な人である。

十一　父の出現　～子どもの私を取り戻す～

ささやかに営んだ家族葬の時、柩《ひつぎ》の中の父に向かって、最後に「あっかんべえ」と毒づいた母であった。

十二　空蝉《うつせみ》　～自らへの矜持《きょうじ》～

『源氏物語』には数多くの女君が登場する。なかでも、私は空蝉《うつせみ》と浮舟が好きだ。

空蝉は、物語のはじめに登場する女君の一人で、物語全体の流れに影響を与える人物ではないが、中流階級の女性に興味を持った年若い光源氏が、強引に関係を結ぶ女性である。そして、その一夜限りの契りのあと、光源氏を二度と受け入れることなく、最後まで拒み続けた女性でもある。

源氏十七歳。空蝉は、故右衛門督《うえもんのかみ》の娘で、かつては宮仕えの話もあった人である。殿上人であった父の亡き後、老齢の伊予介《いよのすけ》の熱心な求婚に応じて、今は後妻となっている。

伊予介は空蝉のことを主人とも思い崇《あが》めて大切にしているが、空蝉自身の心の中には、受領《ずりょう》の妻に身を落としたという思いが拭いきれない。当時は、地方官吏（受領）と中央官吏、それも殿上人との間には大きな格差があった。そんな中での源氏との契りであった。

空蝉にとって、源氏との一夜限りの逢瀬《おうせ》は、本来限りなく幸せなものであったに違いない。その後、苦労して自分のもとを訪れてくれる源氏の、その瞬間の情熱もわかっている。

しかし、今は伊予介の妻となっている我が身が、そのままに源氏の情けを受けることは、彼女にとっては屈辱であった。そうではなく、故右衛門督の娘として、れっきとした源氏の恋人のひとりとして、彼を待つ身になりたかったのだ。そうであれば、たとえ数少ない訪れであろうと、どんなに幸せであったことかと嘆く。身を切る思いで源氏を拒むのである。

その潔さと強さに、私は強く惹かれる。その場の雰囲気や一時の情動に衝《つ》き動かされない空蝉のその有り様は、まさに大人の女性を感じさせる。

当時の伊予介と源氏の身分的政治的な関係は絶対である。源氏の望みとあらば、夫の伊予介は黙認するしかなかったはずだ。あれほど源氏のことが好きなのに、空蝉はどうして源氏の恋人にならないのだろうと、二十代の私ならきっと思っていたことだろう。

しかし、空蝉はそうはならなかった。源氏を拒むことこそが、他の誰のためでもない自らに対する矜恃《きょうじ》だったのだ。伊予介への操であるとか、単なるなぐさみものに甘んじるのが嫌だったとか、くだらない解釈だ。彼女は自らが選び取ったのである。

空蝉こそは、まさに自らに依《よ》りて生きようとする女性だったのだ。しかし、自らに依りて生きるためには何よりもまず、己の心を正しく把握できていなければならない。自分の最も守りたいものは何かを知っていなければならない。

それは結構難しいことだ。

私は子どもの頃から「……ねばならない」という考え方に縛られて生きてきた。特に「周囲から批判されたり、非難を受けるようなことがあってはならない。それは、私という人間が否定されることである」と思い込んできた。

しかし、四十代になってから、カウンセリングの勉強の中で出会った「アサーション」（適切な方法による自己主張）の考え方が、「……ねばならない」から、「……できるにこしたことはない。しかし、できないからといっておしまいではない」という考え方に、修正してくれた。

この考え方は、今までの窮屈な生き方から、私を少し解放してくれた。

自分は本当はどう思っているのか。どう感じているのか。最も守りたいものは何なのか。それを見定めよう。そして、それはそのまま表明していいんだ。それを大切にしたい、貫きたいと思うようになった。

しかし、自分の思いを貫くということは、多くの犠牲を伴い、摩擦も生む。批判もされる。理解し合い、折り合いをつけていくには膨大な努力が必要だ。

三十代の私は、最も近い人間関係、「家族」の中でその努力を怠ってきた。

諦めと億劫さから、自分の思いは封印して表面だけで迎合しながら、息苦しい年月を遣り過ごしてきたのだった。

そこに気づいた私は、空蝉のこの「自らに依りて生きる」生き方に強く惹かれたのだと思う。

伊予介の死後、義理の息子から迫られた空蝉は、この世のしがらみを断ち切るために出家する。後年、出家した空蝉は光源氏の邸である二条院の東院に引き取られ、そこで晩年を送ることとなる。

光源氏自らも、自分を拒み続けた希有《けう》な女性として、凛《りん》としたその潔さや誇り高い生き方に、実は感服しつつ惹かれていたのかもしれないと、最近思うようになった。

十三　素地となったもの　～生き直すための力～

三校目の教育困難校で私は、教師として人間として、多くのことを学び、気づき、変化した。私が見せる教師としての顔と、一人の人間としての顔の間にズレがあっては、たちまち見抜かれてしまう。偽物と断じられてしまう。常に全力で、常に正直に率直に、己をさらけ出すしかない……しかし、一旦信頼関係が築けたならば、真に温かい交流がそこには生まれ、一生忘れることのない宝物が貰えるのも事実である。

終業式の大掃除をいつもサボる生徒がいた。決まって遅刻してきて式にだけ顔を出す。困難校では、「狡《ずる》い奴を見逃してはならぬ」と言うのが鉄則である。ひとつ見逃すと、それをきっかけとする大きな混乱を招きかねない。

そんなわけで、新米困難校教師の私は、いつも髪振り乱し、ムキになって怒っていたのだが、ある時、男子生徒が数人そばにやって来て、

「先生、もうそんなにムキにならんでもええよ。僕らが○○の分もするから、もうやめとき」と窘《たしな》められたことがあった。

なんとも恥ずかしいエピソードながら、本当は彼らはきちんとものの道理を弁《わきま》えている

のだ。そして何より優しい心根の持ち主なのだと思わされた。普段はなかなか厄介な奴らなのだが。

それまでの学校生活であまり楽しい経験をしていない彼らは、本来高校生たちが夢中になる体育祭や文化祭にも参加したがらない。そんな彼らを盛り立ててなんとか取り組ませ、達成感を得させようとすると、こちらが登校拒否になるほど大変なのだ。しかし、それゆえにだろうか、彼らの純粋さに触れて、今思い出しても涙が溢れてくるほどの、心に沁《し》みいる経験もさせてもらった。

当時の私からは想像もできない、過酷な環境での生活を余儀なくされながら、それでも毎日学校に通ってくる生徒たち。しかし、彼らは実に爽やかにひたむきに生きていた。

彼らと関われば関わるほど、生徒たちの人間性の豊かさも思い知らされた。正直に、率直に、ひたむきに生きることこそが、人にとっての大切な原点だ。生徒たちから教えてもらった七年間であった。

そして、これに重なる足かけ八年間、歯を食いしばりながら続けたカウンセリングの勉強もまた、私にとっては、自分に対して正直に、率直になるための時間だった。

中でも印象深い経験は、「夢を開く研究会」という講座を受講した時のことだ。この講座では参加者が自分の見た夢を、事前にいくつか提出しなければならない。毎回、講師がその中から数件取り上げ、それについて皆で考察を深めるというものだった。

「夢など覚えてないし、見てるのかなあ」と思っていた私だったが、枕元にノートを置いておき、目覚めて動き始める前に書き留めるとよいという助言を実行した。すると、覚えているのだ。私も、こんなにも日々さまざまな夢を見ていたのかと、驚かされた。

夢というと、夢占いや夢判断のように受け取る人も多いのだが、それとは違う。夢は自分の心の深層から発信された大切なメッセージとして受け止める。夢主（その夢を見た人）は、その夢を見た時にどんな気持ちだったか、またその夢からどんなことを感じるか。じっくりと、その夢を掌《てのひら》の中で大切に温めるようにして、気持ちを呼び起こすのだ。

取り上げられた私の夢のひとつは、

「空っぽの大きなプール。その底にひとりで私は立っている。プールサイドに大きな猫が一匹いる。ちょうど『不思議の国のアリス』に出てくるチェシャキャットのような大きな大きな猫。猫は私を睨《ね》め付けながら、ゆっくりとプールの周りを歩いている」

というものだった。私の感想は、

「猫に襲われるという恐怖ではないが、何かとても大きな力で圧倒されていて、足が竦《すく》んでいる感じ」と答えた。

講師はゆっくり考えて、

「この猫はあなたのお母さんやな。猫は女性の象徴となることが多い。カウンセラーになるためには、自分のお母さんとの関係を考えてみたらええんと違うか」と言われた。

呆然《ぼうぜん》とした。衝撃だった。数多くの人の夢を知る講師にとっては、ある意味、母娘問題の典型的な夢だったのかもしれないが、私自身の詳しい身の上は全く話していないところで、こう言い放たれた私は、改めて自分自身の心の深層にある、母の存在を意識するようになった。

この時の講師は、後に私が「カウンセラー適任証」を取得するときのスーパーバイザーであり、退職後に、三年間勤めたカウンセリングルームの主宰者でもあった。カウンセリングにおける、私の生涯の師である。

私にとって、母との関係は最も大きな課題だったが、婚家先の姑や夫との関係も含めて、これまでの私自身を問い直す作業である。カウンセラーは相談者の心を受け止めて、同時に映し返す鏡のような役割なのだと教えられた。

相談者は映し返されたものから、自らの気づきを得る。それゆえ、その鏡はできうる限り歪《ゆが》みのないものでなければならない。数々の見知らぬ自分と向き合い、自らの心の歪みを直視しなければならない。言い換えれば、自分では気づかないままに囚《とら》われていたもの、敢えて耳を塞ぎ目を逸《そ》らしてきた自分の心の中の真実を暴いていく作業である。本当に苦しかった。開けなくてもいい扉を開ける作業のような気がした。

しかし、私にとっては、どうしても開けなければならない扉だったのだ。


もう一つは、父の出現とその死。そのことで、子どもとしての自分を取り戻したことだ。私たち家族の前に再登場を果たした父は、最初の連絡こそ私のところにしてきたものの、さすがに、私に対しては気が引けたものと思われる。私のところにはほとんど寄りつかなかった。岡山に住んでいた妹一家のところが気楽だったのだろう。孫もまだ幼く可愛かったこともあり、いつも母と一緒に訪れては、遅ればせの父親ぶりを発揮していた。

そのことが、無性に私を傷つけた。生まれて初めて、激しく私は妹に嫉妬した。これほどまでに、私は親から、子どもとして愛されたかったのだと気づかされた。

初めて気づいた自分の中の感情。そして、感じたものは感じたままに表していいんだ、正直に率直に生きていいんだ、私は私でいいんだと思えた。優等生の娘としてではなく、一家を支える大黒柱ではなく、ありのままの私として生きていいんだと思わされた。


仕事を通して生徒たちから得た力、カウンセリングの勉強から得た力、父の出現を契機に得た力、これらすべてのことが、一本一本の縄となり、それらでより太い一本の綱を綯《な》うように、自分の中で次々と撚《よ》り合わされていく、そんな気がした。

　そしてその太い一本の綱は、これまでの私の生きざま、私の在りようを大きく揺さぶることになる。夫婦関係や母との関係を受け止め直し、大げさに言えば、自分の人生を生き直す力を与えてくれるものになったのである。

十四　玉《たま》鬘《かずら》　～自分を偽らずに生きる～

先に述べた、夕顔の忘れ形見、玉鬘《たまかずら》の話をしよう。

夕顔亡き後、一人残された玉鬘は、乳母《めのと》一家に伴われて筑紫《つくし》の国に行く。そこで十六年という年月を過ごすことになるのだが、苦労の末に上京を果たす。その後、劇的な展開を経て、玉鬘は養女分として、源氏のもとに引き取られることとなった。

玉鬘はこの時二十一歳、母夕顔以上に美しい姫君に成長していた。

やがて源氏は、夕顔の面影を持ち、彼女以上に聡明《そうめい》で美しい玉鬘に、親らしからぬ恋情を、一方的に抱くようになる。折あらば、と迫るいやらしさである。また表向きには、親気取りで彼女を社交界の花に仕立て上げ、貴公子たちの心を惑わせるようなゲームを仕掛けるのである。

果たして多くの求婚者が現れる。その中でも、源氏は弟の蛍兵部卿宮《ほたるひょうぶのきょうのみや》と結婚させようか、あるいは、尚侍《ないしのかみ》として冷泉帝《れいぜい》に入内《じゅだい》させようかと画策する。

ところが結末は、見た目も性格も無骨な、髭黒《ひげくろ》大将に奪い取られてしまうという意外なものだった。

源氏は、もはや自分の手が届かなくなった玉鬘のこの結婚を、許さざるを得なくなってしまうのだ。読者を含めて、みんながっかりする結末である。しかし、私はこの結婚が、玉鬘にとっては最良最善の結末だったと思っている。

髭黒は確かに、美男子ではなく風流心もない男だったが、家柄も能力も申し分ない人物だ。そして何より誠実であり、実直に玉鬘のことを愛していた。髭黒は今まで、恋には疎い無骨者だったが、それゆえ年甲斐もなく玉鬘に夢中になり、自邸に迎え入れようとするのだ。

髭黒にはすでに、神経症気味の北の方と三人の子どももいたのだが、北の方の父はそれを知るや、娘を実家に連れ戻してしまう。結果、玉鬘は髭黒邸の北の方として収まることになるのである。

その後、玉鬘は五人の子どもを育て上げ、太政大臣家の北の方としてその生涯を送ることとなるのだが、玉鬘に邪《よこしま》な恋情を抱く源氏の、当初の思惑としては、相手が誰であれ人妻となった玉鬘と、強引に関係を結ぼうとしていたのだ。

実際、彼なら行動に移すに違いない。そうなれば、玉鬘の人生は、表向きには、誰もがうらやむ貴人の妻としての生活が保証されているかもしれない。しかしその裏で、決して表に出せない源氏との忌まわしい秘密を抱えて、生きていかなければならないのだ。決して自らが望んだことではない、自らを偽り続けねばならない二重生活である。

髭黒との結婚は、確かに周囲の皆を、特に手が出せなくなった源氏を失望させた。玉鬘自身も不満だったに違いない。しかし最終的には、玉鬘が自らを偽らずに生きることができ、自己の尊厳を守りきることができたのではなかったかと思う。

結婚生活における不満は、誰しも一つや二つ持っている。しかし、自分自身を偽らなければならないような関係性は、間違いなく自らを蝕《むしば》んでいく。私が、私であるために、二十二年間の結婚生活にピリオドを打つ決心をしたのも、まさにそこに理由があった。

十五　家を出る決心　〜きっかけの事件〜

勤務三校目となる教育困難校は、府立高校の統合再編計画により、全日制普通科高校としての今までの教育課程を、全面的に改編することになった。もとより、現場の我々教員が望んだことではなかったのだが……。

改編が発表されたその年の秋から、プロジェクトチームの一員となった私は、目の前にいる生徒たちのためにできる限りのことをしたいと思った。休日も返上してカリキュラムを作り、施設設備も含めて、教育委員会との会議と折衝に明け暮れる日々を送っていた。

それに先立つ四月に、事件は起こった。舅からのセクシャルハラスメントである。

四月のある土曜日の夕方、最近町内に買った持ち家（当時空き家だったのだが）の、窓を閉めに行くので、ついでに間取りを見に来いと、舅が誘いに来た。もともと私は親が購入した家には全く興味がなかったので、幾度か断っていたが、あまりに拒絶するのも悪いかと思い、舅の後について出向いたのだった。

上の階から順次、間取りの説明をしながら窓を閉めて下りてきて、一階の部屋に入ったとたんドアを閉められ、いきなり抱きついて迫ってこられたのだ。

「何をするんですか」と叫んで、力一杯突き飛ばし逃げ帰った。家に戻ってからも、一体何が起きたのかすぐには理解できず、呆然と座り込んでしまった。

リビングにいた夫に「お父さんに抱きつかれた」と言ったとたんに、涙が溢れてきて声をあげて泣いてしまった。

夫の両親は、長女が小学校に入学した時を機に、私たちの家の前に引っ越してきてくれたのだった。それ以来、朝夕は親の家に「行ってきます」「ただいま帰りました」と挨拶し、常に行動の報告をしなければならない生活となった。

家事育児に関して、何も協力してくれなかった夫に代わり、確かに姑はよく助けてくれた。しかし同時に、苦言と要求がついて回った。「お家が大事」「男は立てなければ」と言うのがモットーの姑と、徐々に自我に目覚めてきた私とでは、考え方も態度も寄り添えるはずもなく、だんだんと距離は広がっていった。

その頃の私は、夫に対してもそうだったが、姑に対しても自分の意見を主張するということがなかった。この人たちとはわかり合えるはずがないという判断の下、勝手にストレスだけをため込んでいたのだ。

一方、舅は退職後は町内会の役員を務め、若い頃からの唯一の趣味だった謡曲を、近所の人に教える教室をボランティアで開くなど、人望も厚かった。

国語教師だった私を連れて、能楽堂に出かけることもあった。そんな時には、「うちのは、ちょっときついけどな、辛抱したってや」と慰め、優しい言葉をかけてくれたりもしたものだった。姑は厳しく考え方も合わないが、舅は穏やかで優しい人格者と、その時の私の目には映っていた。

それゆえ、衝撃は大きかった。セクシャルハラスメント被害者の心の傷は、年齢やその程度に関わりなく、どれだけ深刻なものかを思い知った。私も四十歳を超えていたとはいえ、大きなショックだった。

しかし、私の中に深い傷となって残ったのは、舅の行為とともに、その時の夫の態度だった。リビングでテレビを見ていた彼は、私の言葉を聞くと、起き上がったものの黙ったまま、身動き一つしなかった。私の説明にも「どうしたんやろうなあ」と言うばかりで、動こうとしない。

舅の行為をすぐさま糺《ただ》してほしかった。抗議してほしかった。

「とにかく、話しに行ってほしい」と訴える私に、曖昧な返事だけして親と対面しようとしない夫。結局、翌日曜日の夕方、私の訴えに抗《あらが》いきれず、親の家に行くには行ったが、自分の父親を前にして、何一つ問い質《ただ》すことをしなかった。

ようやく私から昨日の件を確認された時に、舅は、

「昨日は少しセクハラのようなことがあったかな」と言っただけで謝罪はなく、後を受けて姑が、私に対する不平不満、恨み辛《つら》みを言い出したのだ。

その時の私の中には、反発する思いも怒りの感情も、全く起こらなかった。ただただ空虚な思いが、じわじわと心の中に広がっていくだけだった。そして何より強く印象に残ったのは、ただひたすら黙りこんで、うつむいたまま座っている夫の姿だった。親に対しては、恐ろしく従順な息子の姿だった。

後日、「どうしてあの時に、何も言ってくれなかったのか」と問うた私に、「親に対しては、何も言えなかった」とだけ、絞り出すような声で答えたのだった。

その日を境にして、夫は親に対しても、私に対しても何も言わなくなった。特に私に対しては、腫れ物に触るような態度になった。

親の家は目の前にあるので、顔を合わさないわけにはいかない。さすがに行き帰りの挨拶はしなくなったが、私の中の空虚な思いは、日に日に強くなっていった。

ここにはもういたくなかった。母の家に泊まりに行ったりホテルに泊まったりと、自分をなだめすかしながら過ごせば、心も落ち着き、気持ちも変わるかと思ったが、だめだった。

自らの尊厳を踏みにじられ傷つけられながら、素知らぬ顔をして日常生活を送らねばならない。しかも、人には決して知られることのない苦悩とともに生きていかねばならない。そのことが、いかに人の心を蝕んでいくものか……。

もっと後になって気づいたことだが、作者紫式部が玉鬘の運命を、あの虎視眈々《こしたんたん》と狙う源氏の手から辛くも救った意味は、そういうことだったのだと、私は深く感じないわけにはいかなかった。

日々、体が内側から腐っていくような感覚は強くなる一方で、次第に耐え難くなっていった。一カ月以上が経過した時、「私はこの家を出て行きたい」と切り出した。

すると、その時初めて夫は「それなら、僕も一緒に出て行く」と言い出した。

だがそれは違う。私より先に、あの後すぐに「一緒にここを出よう。親とは離れよう」と決意してくれていたならば、言い出していてくれたならば、どんなに救われただろうか。たぶん夫婦も再生していたかもしれない。

しかしそうではなかった。私が言い出した後では、きっとこの先「僕に親を捨てさせた」と言い出すに決まっている。親から自立しなければならないのは自分だとは、その時も露ほども思っていなかったのだから。

私の人生の選択に、もう今さらこの人を、便乗させるわけにはいかなかった。

十六　子らとの別れ　～決　断～

あの事件の後一カ月以上が経ち、この家で暮らし続けていくことに限界を感じた私は、家を出る決断をする。一人で家を出ることを決めて、夫に話した。夫は、私に一人で家を出て行く行動力はないと思っていたようだ。話すというより、それは私の宣言だった。

家を出るにあたって、舅との事件とこれまでの経緯を、まず娘に話した。娘はこの時二十歳目前だった。今までの、この家での私の立場や私の思いを、最も近いところで見ていたのは彼女だった。涙をぽろぽろこぼしながら、

「お母さんがもうこれ以上我慢することはない。思うとおりにしたらいい」と、悲しげだったが、しっかりした口調で言い切ってくれた。

夫はこの時、なぜか息子に話すことだけは、強く拒んでいた。しかし十八歳になっていた息子だけに真相を告げず、家を出て行くわけにはいかない。彼とて家族の一員なのだから。

息子はちょうど受験を控えた、高校三年生になったばかりの時だった。娘はなんとか理解してくれるだろうけれど、息子はどうだろうか、そのことがずっと気がかりだった。

大学に入るまで、何とか我慢しようという思いもあった。受験生の子を置いて、一人で家を出て行くなど、なんてひどい母親かと、自分を責める思いがあったのだ。

しかし、この時、私に助言してくれる人があった。

「十八歳になったら衣食は自分で事足りる。男の子にとっては、身の回りの世話なんかより、母親が元気で生きていてくれる方が、よっぽど大切なんや」と。そしてまた、「今から精神的に、本当に母親を必要とするのは、息子より娘の方と違うかなあ」とも言われた。はっとした。自分勝手に、「娘は大丈夫だろうけど、息子が心配」と感じて、今まで曇っていた私の目の前が、すっきり晴れたような気がした。

心は決まった。あの、体が芯から腐っていくような思いには、これ以上耐えようがなかった。今出て行かなければ、このまま自分が自分ではなくなってしまう気がした。

母親が自らの人生を諦め、犠牲になることが、果たして子のためになるのだろうか。母親が自分の人生を充分に生ききることでしか、子どもに対しても『自分の人生を思う存分に生きなさい』とは言えないのではないだろうか。母親が自分の人生を諦めてはならない。

「お母さんは私たちのために、我慢してくれた。私たちがいたから、自由になれなかった」という桎梏《しっこく》を、子どもたちに負わせたくはなかった。

娘に話をした数日後、息子にも同じ話をした。黙って聞いていた息子は、

「お母さんが家を出て行くというのは、至極もっともな選択だと思うよ」と言ってくれた。彼は冷静だった。

息子にも話したことで、夫は激怒していたが、その怒りが何なのか、私には未だに正確には理解できていない。

後に娘から、夫が語っていたと聞いた。

「お母さんは、ずっとこの家を出て行きたかったのだ」と。

それはそのとおりかもしれないが、少し違う。

母親の望む理想の娘として生きてきた自分、婚家先の姑や夫の考え方に従った理想の嫁、理想の妻、理想の母親として生きていかねばならないと思ってきた自分、そうした今までの古い自分から、私は出て行きたかったのだ。

十七　紫　上　～気配りと斟酌《しんしゃく》の人～

『源氏物語』には、多くの女君が登場する。なかでも紫上《むらさきのうえ》は、この物語の女主人公ともいうべき人物だ。

しかし、彼女は源氏の正室ではない。出自も容貌も性質も、申し分のない理想的な女性として描かれるが、作者はこの人に、母も、子も持たせなかった。父も全く力にはならない存在だ。源氏と紫上は、一切のしがらみのない、純粋な一組の男女として描かれている。光源氏から唯一無二の深い愛情を受けて、生涯を終えた紫上。しかし果たして、彼女は幸せだったのか……。この作品を長きにわたって読んできた最近まで、私は紫上を、理想の女性、また女主人公という位置に据えたまま、実は深く考えることをしなかった。しかし、第二部の「若菜 上」以降の紫上は、単なる理想の女主人公ではない。実にリアリティある血の通った人物として描かれている。人間紫上の発見であった。

紫上の死後、源氏が彼女を偲びながら、女三の宮や明石の君のもとを訪れ、自身の出家の決意を固めていく場面がある。第二部の終幕近くである。そこまで読み進んだ時、はたと気づいたのだ。実は紫上はこの物語の中で、最も不本意なまま、生涯を終えることになった人ではなかったかと。

「『源氏物語』の会」では、私自身の人生をさまざまに語りつつ、読み進めてきた。ある時には人生相談になることもあり、またある時には愚痴を吐き出せる場所にもなる。そうした会だからこそ、物語の中の女君の思いが、今に生きている私たちの思いと重なり、共鳴し合う気がするのだ。

私自身が、押しつけられた「理想の妻」「理想の母親」から脱却して、自らに依りて生きることをずっと模索し続けてきた、その私の人生があったからこそ、気づかされた視点であった。

紫上は生い立ちからして、実の父には半ば見捨てられ、源氏に養女分として引き取られる。自らの意思とは関わりなく、そのまま源氏の妻にさせられる。第一部においては押しも押されぬ六条院の女主人として、尊敬と羨望を集める存在であった。そして、そう在り続けるための周囲への気配りと斟酌《しんしゃく》は並々ならぬものであったのだ。

元来、彼女は皇族の出身である。父は親王である。紫上は幼くして母を亡くし、唯一の後見であった祖母も亡くす。父には正室が在り、幼い紫上を引き取る環境にはなかった。

心から彼女に寄り添い、無条件に味方になって庇護してくれる存在を、彼女は持たない。少しでも源氏の意に染まないことをして見捨てられたなら……。また、そうしかねない源氏の裁断力の厳しさも紫上は知っていた。自分の意思に関わりなく、彼女が依りて生きるところは、源氏のもと以外にはなかったのである。

源氏は何かにつけて、紫上を理想の女性として褒め称《たた》えている。容貌のみならず、その嫉妬心にまでも、申し分のないかわいらしさ、美徳として満足の笑みを浮かべるのだ。

しかし、それは紫上が、源氏の内面を知り尽くし斟酌した上で、そう振る舞っていたからに違いないのだ。源氏が、紫上のことを理想の女性として褒め称える裏には、彼女のたゆみない斟酌と努力があるということを、おそらく源氏は気づいてはいない。気づいていないがゆえに、源氏は年若い女三の宮を「正室」として六条院に迎えるのだ。

紫上は女主人の座を明け渡さざるを得ない。しかし実際には、六条院のまとめ役を降りるわけにはいかなかった。紫上は屈辱と嫉妬に苛まれながらも、源氏にとっての「理想の女性」として生き続けるしかなかったのだ。

紫上が源氏に対して、死を目前になお、出家させてほしいとひたすら願う姿は、「残り少ない人生です。最後くらい自分らしく生きたいのです」と言い切った、熟年離婚を願う妻の姿に重なるのである。

しかし、それすら源氏は許さなかった。紫上はその人生を、自らに依りて生きることのないまま、終焉《しゅうえん》を迎えることになったのだ。

十八　離　婚　～風呂敷包みを開くまで～

二〇〇二年に家を出た私は、ささやかな賃貸マンションに移った。最低限の家電を買いそろえ、衣服や雑貨など身の回りのものは、友人が車で運び出してくれた。

彼女は自身の夫から、余計な手助けはするなと諌《いさ》められたそうだが、私の気持ちに共感して、貴重な時間を割いて手伝ってくれた。ありがたかった。言葉にこそ出さないけれど、子どもと別れてひとり、家を出て行く私の心を誰より労《いたわ》り、応援してくれていたのだと思う。

私が家を出た時は、ちょうど学校再編の仕事が始まった時と重なっていて、私はプロジェクトチームの一員として仕事に没頭した。休日返上の取り組みも、その時の私には救いだった。子どもと離れた寂しさやむなしさは、新しい学校をチームで作り上げていく作業の中で紛れさせることができた。

それでも夜になると、必ず夫への、姑への、舅への、怒りや悔しさがじわりじわりと、心の中に浸みだしてくる。毎日明け方にゴミ収集車がやって来る、その音を聞くまで、まんじりともできない日が続いた。

子どもたちは時折、私の部屋を訪ねてきてくれたが、帰って行くとき、その後ろ姿を見送りながら毎回、『どうして私がこの子らと別れなければならなかったのか』と、胸を焼かれるような無念さに苛《さいな》まれた。

離婚の話し合いを進めるとき、「慰謝料」という項目がある。一方の不当な行為によって、傷つけられた精神的苦痛に対する損害賠償金である。

果たして、お金を貰ったら心の傷は癒えるのか、という疑問が私の中にはずっとある。もちろん、慰謝料を否定するものでは決してない。相手へのせめてもの謝罪の気持ちという、真面目で真っ当な思いを形にしたものに違いないのだから。

ただ、金額に比例して、心の傷も癒えるかというと、必ずしもそうはならないのが人の心だ。心の傷が癒えるために必要なのは、まずは時間である。そして自分自身を顧みて、客観的にとらえ直すことだ。

別居した当初は、私自身が怒りと悔しさに日々苛まれていた。怒りの感情は心のエネルギーをひどく消耗させる。心のエネルギーが著しく減退したとき、人は抑鬱状態に陥ってしまう。何をする気も失せてしまうのだ。ひどくなれば、生きることさえも。

私がそうなってしまわなかったのは、仕事のおかげだと思う。仕事に打ち込むことで、紛らすことができた。一時的であっても忘れることができた。そうやって、徐々に薄れていくのを待つしかなかった。

しかし、本当に最後に私を救ってくれたものは、相手を責め続けるのではなく、私自身の中にも原因があったのだと、正直に、素直に思える心だった。

家を出た私は、とにかく早く離婚したかった。しかし、離婚はしてくれたとしても、不動産や預貯金に関して、財産分与に応じてくれるとは思えなかった。何でもいいから、一日も早く離婚しようとした私を、前述の友人が引きとどめてくれた。

「あの家の半分はあなたのもの。きちんと分けてもらうべきだ」と。

ある時、研修で聞いた印象深い言葉がある。

「日本の夫婦における財産管理は『仲のいいときは風呂敷包みの中』全部が一括《ひとくく》りです」というものだ。

フランスなどでは、夫婦といえども、それぞれ個々人の財産として初めから別立てなので、離婚のときも揉《も》めることがないそうだ。

ところが日本では、中がぐちゃぐちゃになっている風呂敷包みを開いて、さて夫と妻のそれぞれの財産はどれ、ということになる。離婚するときはただでも揉めているのだから、お互いが納得して分けるというのは、実際至難の業なのだ。最終的には、諦めと妥協がなければ成立し得ない事柄なのだ。

結局、私の離婚が成立したのは、私が家を出てから七年後のことだった。

十九　母のこと　～忘れられていた記憶～

アメリカの心理学者、イヴリン・バソフの『娘が母を拒むとき』（創元社）という本を、カウンセリングの勉強を始めた頃、手に取った。衝撃を受けた。書かれている内容の一つ一つが腑《ふ》に落ちて、今さらながらに、母との関係を考えるようになった。

私が、母と自分の関係について、「これは通常の母子関係ではない」と気づいたのは、四十代も終わりに近づいた頃である。ある意味、私の「反抗期」の始まりだった。

母との関係に疑問を抱くようになった私は、自分の内面について考えるたびごとに、いかに私が母から価値観の網を掛けられ、縛られていたかを思い知るようになる。

私と妹とは五歳半離れていたので、幼少期はひとりっ子として育てられた。妹とは対等なケンカをした記憶がない。母からは常にお姉ちゃんとして、というよりは母の気に入る娘としての振る舞いを要求されてきたように思う。

しかし、母のやり方は「ああしなさい、こうしなさい」と直接指示するものでは決してない。私に『母の気に入らないと、見捨てられる』と思わせる無言のメッセージを、常に発しているのだった。

それに気づいてからは、今まで意識の底に沈んでいたさまざまなエピソードが蘇《よみがえ》ってきて、我ながら驚いた。

たとえば、小学校二年生の時、初めての学級委員選挙で選ばれて、誇らしい気持ちで帰ってきた私に、

「あんたはそういうのが好きやからね。委員好きやわ」と言い放った。あの時の私は母に一言「良かったね。えらかったね」と褒めてほしかっただけなのに。

また、親戚や近所の人に事あるごとに、

「私は勉強しなさいって言ったことがないのに、この子は勉強が好きなのよ」と公言して憚《はばか》らなかった。そして、いくら良い成績を取っても、母は私を褒めてくれることはなかった。

子ども心に自覚していたわけではないが、『勉強ができない私を、母は決して認めてくれない』と思い込んでいた。今にして思えば、強烈なダブルメッセージの洗礼を受け続けていたのだ。とにかく、母の気に入るような存在に、そして母から認められる存在にならなければならないと、思わせられ続けていたのだ。

蘇った記憶の中で一番強烈なものは、小学校六年生の時のものだ。その当時、私はクラスメートのほとんどから無視されるという状況にあった。今で言うところのいじめである。

学校に行っても誰ひとり口をきいてくれない。原因は、たぶん生意気で偉そうだった私の態度に起因するものだったのだろう。

給食もひとりで食べ、登下校もひとりぼっちだった。クラスでも目立たない子が声をかけようとしてくれても、クラスの中心にあって「私を無視せよ」の指令を出している子には逆らえず、私は徹底的に孤立させられていた。

つらかったし針のむしろの毎日だったが、なぜか、このことは母に絶対知られてはいけないと思っていた。ゆえに、絶対に学校を休むわけにはいかなかった。この難局は私ひとりで乗り切らねばならないことなのだと思い、出席を続けていた。

そんな時、担任との保護者懇談を終えて帰宅した母に、私は呼びつけられた。母から、開口一番出てきたのは、

「あんたは私に恥を掻《か》かせた」、そして「私は人から嫌われたことはない。私はあなたをそんなふうに育てた覚えはない」という、烈火のごとくに怒り叱責する言葉だった。『ずっとひとりでつらかったね』という言葉ではなかったのだ。

その時の私は、母から投げかけられた言葉を当然のこととして受け止めていたし、謝罪するしかなかった。そして驚くのは、こうした母とのエピソードを、私はずっと忘れていたということだ。

しかし、それは忘れていたというより、一旦記憶の表層からは姿を消しただけで、意識の深い奥底に沈んだまま、私をずっと縛り付けていたのだと思う。母に恥を掻かせてはいけない。母の誇りとなるような娘でいなければならない。そうでなければ、私の存在価値はない。そうして私は、父のいなくなった家の中で、経済的な支柱になることで、母の要求に応えられる価値ある娘になれる、と思うようになったのだと思う。

母は五十五歳で退職して、自宅でお茶とお花を教え始める。持ち前の社交的な性格から、お弟子さんは集まったが、気に入るお弟子さんもあれば、そうではない人もあって、あからさまな人柄ゆえ、気ままなお小遣い稼ぎに終わった。当然、身を養うほどのことにはならず、むしろ出費の方が多かったと思われる。

それゆえ、私は結婚後も、ずっと母と妹のことを気遣いながら、生きていくことになるのだ。それが自らの使命であるかのように。

今改めて思い出し、今になって理解した姑の、ある言葉がある。

「本当にお母さんには気を遣うんやね。私にもそれくらい気を遣ってほしいわ」

皮肉たっぷりに投げかけられたこの言葉から、当時の私は、姑の悪意は充分感じたが、何を言っているのか、全く理解していなかった。

しかし、今はよくわかる。確かにそうなのだ。私は誰よりも自分の母親に、一番気を遣って生きてきたのだから。

二十　五十歳の反抗期　～母と暮らして～

二〇〇二年に婚家を出た私は、小さな賃貸マンションに移り住んだ。そして、その一年半後、ささやかな中古マンションをローンで購入し、母と一緒に暮らすことを決めた。カウンセリングの勉強を通じて、母との関係も理解できるようになり、一緒に暮らしてももう大丈夫、と思っての決断だったが、これが大間違いだった。

もともと私の結婚を認めてはいなかった母は、私が婚家先を出たことに、大喜びしていた。やはり、まだまだ母の呪縛は解けてはいなかったのだ。この時から母と私の、バトルにならないバトルが始まる。

なんと驚くべきことに、母はこの七十年余りの年月を、ほとんど変わることなく、いや私が知る以上に、自分本位に生きてきたのだった。

母のことはよくわかっているつもりでも、実は二十余年の空白は大きかった。私が遅ればせの反抗期を迎えていたことや、また、母の気ままな一人暮らしが長かったことなど、それらが相乗効果を発揮した。母と私の生活は、予想を超える刺激的な展開となったのである。

食卓には、白銀にキラキラ輝くサヨリのお造り。

「こんなもん、近所のスーパーで見たことないわ」と私。

「ああ、百貨店に行ったからね」と母。

目にも鮮やかで艶やかな佐藤錦。

「お母さん、これなんぼしたん」

「さあ、値札見てないから、わからへんわ」

……本当に屈託がない分、やりきれないのだ。

今さらながら、父の気持ちがよくわかった。当時銀行員の父は、毎日午前様だった。子どもの頃、平日に父の顔を見るのは珍しかった。仕事は確かに忙しかったのだろうけれど、あんなに毎日遅いわけはない。母のことは大好きだったけれど、一緒にいたくなかったのだ。

母は良い意味でも悪い意味でも、極めて自分本位の人なのだ。気前が良く、細かいことには拘《こだわ》らない。調子の良い毒舌混じりのお喋《しゃべ》りは、周りの人を楽しませ、多くの人が集まってきた。また、他人のことを妬んだり、羨んだりすることが全くない。人と比べて自分を卑下することもない。ある意味、いつも自分が絶対なのだ。

しかし、一旦、自分の気に障ることがあると、激烈に相手を否定して拒否してしまう。

何人も、母が絶交した人を私は知っている。

改めて、母と暮らすことの困難さを思い知った。私は半ば帰宅拒否症になりながら、遅れてやって来た反抗期を過ごすことになった。

一旦反抗期が始まると、母に対する怒りは、爆発という形でしか表に出せない。思春期と同じだ。幾度も母に怒鳴るように怒りをぶつけた。……母からは一度も手応えある返事はない。いつも「今さら言われてもなあ」である。全く落ち込む気配もない。

私には「ありがとう」と「ごめんなさい」を決して言わない母と、この間何度も対決してきて、少し気づいたことがある。きっと母にとって、娘の私は自分自身なのだ。私は自分なのだから、礼を言うことも謝ることもない。……そして、ひとりの、別個の人格だとは思っていないのだ。

私にも娘がある。母を大いなる反面教師にしながらも、実は母と同じように、自分本位なところがあると、最近気づかされることが多い。

その後も、私と母の大バトル、と言うより一方的バトルは続いた。

そんな母も、熱中症や大腿骨《だいたいこつ》骨折などで入退院を繰り返し、今は介護施設に入っている。認知症も進み、人間関係はわかるようだが、時間と空間はすっかり混乱している。同じ話を何度も繰り返す。全くの嘘《うそ》ではないが、でたらめな話をたくさんする。でたらめなその話のひとつひとつは、きっと今の母にとっては真実なのだろう。間もなく九十二歳を迎える母である。

面会の時、母の顔をぼんやりと眺めながら、母の死を私はどのようにして受け入れるのだろうかと考える。やっと迎えた反抗期の中、母に反発し抵抗し怒り、憎悪がやがて赦《ゆる》しに変わり、そして母を認め、受け入れていく。

それはまるで、自分自身に気づき、認めて、自分自身を愛せるようになるまでの、長い道のりを辿るのと似ている。

二十一　浮　舟　～自己を貫くために～

最後にこの物語の中で、私が最も好きな女性、浮舟のことを語りたい。私はどうしてこの浮舟が好きなのか……それは彼女こそが、さまざまな経験を通して、次第に成長していき、最後には、何ものにも侵されない自己を貫いて生きる道を選び取った人だからである。

そして、浮舟は、何を私に教えてくれたのか、それを語りたいと思う。

浮舟は八の宮の非嫡出子、大君《おおいきみ》や中の君とは腹違いの妹である。北の方を深く愛し、親王としての体面を重んじた八の宮は、侍女との間に生まれたこの浮舟を、娘とは認めなかった。母は浮舟を連れて、常陸介《ひたちのすけ》と結婚し、彼女は受領の娘として養育される。

やがて、美しく成長した浮舟に縁談が持ち上がる。婚約者は常陸介の財産が目当てだったので、浮舟が常陸介の実子でないとわかると、実にあっさりと妹に鞍替《くらが》えしてしまうのだった。

浮舟の母は常陸介との間にも、何人か子をもうけているが、この浮舟こそが八の宮から授けられた大切な娘として、密《ひそ》かに特別な思いを持って育ててきたのだった。しかし、この破談をきっかけとして養父の家を出ることとなり、その後も、自らの与《あずか》り知らぬ他者の力によって、翻弄され続ける運命を辿ることになるのである。

光源氏亡き後のこの物語には、薫と匂宮という二人の貴公子が登場する。

薫は幼い頃から、自らの出生に、何らかの秘密があるとの疑問を抱いている。表向きは光源氏の正室の子として、多くの人々から寵愛《ちょうあい》を受け、期待も集めていた。しかし、自らの存在に関わる根源的な苦悩を抱えて生きる薫は、常にどこか厭世《えんせい》的で、若い貴公子らしからぬ冷めて抑制のきいた人物として描かれる。

一方、匂宮は今上帝の第三皇子として生まれた。光源氏の孫に当たる人である。恵まれた環境のもとで、生まれながらに自由奔放に振る舞うことが許されている。しかも幼い時から人の心の機微を知り、その心を掴《つか》み取る天性の人懐こさを持ち合わせていた。その性格は、光源氏の一面を確かに受け継いでいる人物である。

そして、宇治の地を舞台に、この対照的な二人の男性の狭間《はざま》で、浮舟は苦悩することになるのである。

先に述べたとおり、薫は本来、女性や恋に心奪われることがない人物である。しかし、唯一彼が深く心傾け愛した人がいた。それが浮舟の姉、大君である。

大君と中の君という姉妹もまた、対照的である。明るく華やかで、いかにも可愛らしい妹の中の君。一方、奥ゆかしく落ち着きがあり、気品に満ちた姉の大君。薫はこの大君に強く惹かれるのだ。

しかし、大君は妹の幸せこそを願い、自らは薫の思いを受け入れようとはしない。そしてはかなく亡くなってしまうのだ。この成就しえなかった薫の恋こそが、悲しい物語の始まりだった。

浮舟は、初めは自分の考えなど何も持たない、というよりも持たないことが当たり前の人生を歩んでいた。八の宮の子として生まれながら、養父の任地であった陸奥《むつ》、常陸で少女時代を過ごす。そして京に戻ってからも例の破談の後、姉中の君のもとへと身を寄せることとなるのだが、そこでも中の君の夫匂宮に迫られて、追われるように三条小家へと移される。まるでその名のとおり、流れに浮かぶ小舟のような人生である。

一方、大君を亡くし失意の底にあった薫は、大君の面影を求めて、その妹浮舟を探し出す。浮舟は薫によって、三条小家から宇治の山荘に移され、そこでかくまわれることとなるのである。

『源氏物語』は、形代《かたしろ》（身代わり）の文学だといわれる。遡れば、光源氏の母、桐壺の更衣の形代として桐壺帝は藤壺女御を愛し、その藤壺を深く愛した光源氏は、形代として姪《めい》の紫上を妻にする。後年、光源氏が、女三の宮を正室として迎える決断をしたのも、藤壺の姪だったことが、大きな要因だったと思う。

同じように、浮舟は薫にとって大君の形代だったのだ。身分の違いすぎるこの申し入れを、浮舟の母は躊躇《ちゅうちょ》するのだが、薫の誠実な人柄に安堵《あんど》し、娘を託そうと思うようになる。受領層の娘に対しては破格の扱いであった。母をはじめとして、彼女の幸せを心から願う人々は大喜びである。

しかし、そこに割り込んできたのが匂宮だ。薫になりすまして、浮舟と契りを結んでしまうのだ。

ここまでの浮舟の身に降りかかった出来事は、彼女の内面を大きく揺さぶり、多くの変化を強いたことだろう。怖れ、驚き、怒り、悲しみ、諦め……さまざまな感情が、彼女の胸の内に湧き起こっていたはずだ。そのたびごとに浮舟は内省し、己の運命を顧みて苦悩したに違いない。そして、この二人の貴公子からの求愛が、浮舟の中にははっきりと「自己」というものを意識させたに違いない。

橘《たちばな》の小島の色はかはらじをこのうき舟ぞゆくへ知られぬ

私の心はどこにあるのか。私は何を感じて、何を求めているのか。私とは何者なのか。私は何を願い、どこへ向かおうとするのか。

理性では、薫に対する義理も、母たちの期待の大きさもわかっていながら、浮舟はどうしようもなく匂宮に惹かれていく。薫は申し分のない人である。高貴な身分で容貌もこの上なく美しい。そして何より礼儀正しく麗しく、愛人としての自分を大切にしてくれるはずだ。

一方の匂宮は自由奔放な浮気男。今は情熱的にかき口説き、思いの丈を訴えるが、浮舟への恋情も興味本位の一時的な気まぐれでしかない。それも彼女はわかっている。どう考えても、自分の安定した将来を保証してくれるのは薫なのに、浮舟は匂宮に惹かれていった。

それはなぜなのか。私は思う。薫にとっての自分は、姉大君の形代でしかないと、はっきりわかっていたからだ。

恋とは、かけがえのない自我と自我との出会いである。たとえそれが一時の戯れであったとしても、たとえそれが人の道に背いているとしても、内面で静かに「自己」を育んできた浮舟にとっては、自分のことを真っ直ぐに見つめ、かけがえのない存在として求めてくれる匂宮に、どうしようもなく惹かれていったのだ。

苦悩の限りを尽くし、進退窮まった浮舟は、入水自殺未遂の果てに、出家の道を選ぶ。

その後、実は浮舟が生きていて尼になっていることを知った薫は、還俗《げんぞく》させようとするが、もはや浮舟の心は揺らぐことはなかった。

手紙を突き返された薫は「他の男にかくまわれているのか」と邪推する愚かさである。光源氏の最後も情けなかったが、薫も情けない姿を晒《さら》しているのだ。あの精神性が高く常に冷静な判断を下す薫も、所詮、男基準の自分本位な目でしか見ることができなかった。

それが薫の本質だったのだろうか。確かに薫は「憂《う》し」(宇治)の地を離れた都では、今上帝の娘、女二の宮を正室に迎えて、俗世での栄達をちゃっかり手に入れていたのだから。そして、この物語はここで終わる。

二十二　女君たちが教えてくれたこと　～自らに依りて生きる～

紫式部は、この長い物語を書くことで、何を伝えたかったのだろうか。私はこの宇治十帖にこそ、作者が描きたかったテーマが潜んでいると思っている。

「桐壺」から「幻」まで、一部二部と、周囲の評価や期待、要望に応えるべく、光源氏の生涯を書き綴《つづ》ってきた彼女だったが、この最後の宇治十帖でこそ、本当に描きたかった世界を生き生きと描き出しているように思うのだ。

三部冒頭の三帖は、なんだか収まりが悪く、紫式部以外の人が関わっているかもしれないという感触があるが、「橋姫」以降はまさしく、作者紫式部が私たちへ向けて書いたメッセージだと思われて仕方がない。

「人間にとっての幸せとは、自らに依りて生きること」

いくら地位や名声、財力があったとしても、それだけで自分自身の内面が満たされることはない。自らに依りて生きる、自ら選び取って生きることこそが、人間の幸せの原点なのだと、浮舟を通して作者は訴えているのではないだろうか。

浮舟は自らを貫くために、出家という道を選ぶしかなかった。それは一見、現代女性の生き方とはかけ離れているようだが、実は現代においても、出家の意味するものから示唆されることは少なくない。

溢れるばかりの情報と多様化する価値観、年々複雑化していく現代社会にあって、私たちは数限りないしがらみに、望むと望まざるに関わらず、絡め取られながら生きている。しかし否、それだからこそ、何ものにも囚われることなく自由に生きる魂のあり方が求められる。そして時は移れど、それこそが作者が示したかった「出家」の意味するものではなかったか。この物語は、最後に、真に解き放たれた浮舟の魂の物語として、幕を下ろしたのだ。


私自身も、周囲への気遣いと忖度《そんたく》、斟酌を繰り返しながら、多くのしがらみに囚われて生きてきた。自分の納得する道を選び取り歩んでいくこと、それは確かに厳しく、難しいものだったけれど、「何ものにも囚われず、自分で選び取り、自分で納得した人生を歩むことよりほかに、人間としての幸せはないのだ」と、女君たちは教えてくれている。

これからも私は人生の最後まで、女君たちの教えてくれたことを道しるべに歩いて行こう。何ものにも囚われず、肩の力を抜いて、ゆったりゆっくりと、自分が選んだ道を。

二十三　『源氏物語』の会、これから　～あとがきにかえて～

ＰＴＡのお母さん方と始めた「『源氏物語』の会」も、今年で十三年目を迎える。六年前には、退職してから知り合った仕事仲間と教員時代の友人たちも加わって、もうひとつの「『源氏物語』の会」も発足した。月二回のこの講読会が今の私にとっては、なくてはならない存在になっている。

二〇二二年十月、この会の方々とともに「源氏物語アカデミー」という研究集会に参加するため、福井県越前市武生を訪れた。

この年で第三十三回目を数える（コロナ禍で二回中止になっている）「源氏物語アカデミー」とは、三日間にわたって専門家の講義とフィールドワークから企画構成された研究集会である。二泊三日の『源氏物語』三昧の時間は、本当に有意義で、満ち足りた時間だった。そのうえ、会の方々とは、まるで学生時代の修学旅行のような心浮き立つ楽しい時間も共有できた。

集会二日目の夕食時、同席になったある高齢女性は、北海道から一人で参加されたという。道内の移動に一泊して、飛行機、バス、京都からは列車「サンダーバード」を乗り継いでこの武生までやって来たとのこと。その行動力に驚かされた。

そして、もっと驚いたのは、彼女は仲間と月二回の講読会を開いて三十年以上が経ち、『源氏物語』を読むのも三巡り目とのこと。この「源氏物語アカデミー」には第二回から参加されているということだった。心から尊敬の念が湧く。

「私たちはまだまだ、くちばしの黄色いひよっこだね」と皆で笑い合った。

千年以上の時を超えて、これほどまでに人々の情熱を掻き立て、心を惹きつけて離さない『源氏物語』。そのすばらしさを、改めて実感する経験だった。

そして、私も講読会を通じて、『源氏物語』という大いなる作品に身を委ねながら、これからの人生を楽しみ、味わっていこうと強く思ったのであった。

了

この本を「まずは書き始める」ために、強く背中を押してくれたつれあいに深く感謝します。

出版にあたっては、励まし続けてくれた「『源氏物語』の会」の方々と友人たちに、そして、作品と私に丁寧に向き合ってずっとご助力くださった、文芸社の藤田氏と吉澤氏に心よりお礼申し上げます。

著者プロフィール
樹月 真由子（きづき まゆこ）

1955年９月生
元府立高校教員

「源氏物語」と私 女君《おんなぎみ》たちが教えてくれたこと

2023年８月15日　初版第１刷発行

著　者　樹月 真由子
発行者　瓜谷 綱延
発行所　株式会社文芸社
〒160-0022　東京都新宿区新宿1－10－1
電話　03-5369-3060（代表）
03-5369-2299（販売）

印刷所　図書印刷株式会社

ISBN978-4-286-24258-3